KB023701

아비뇽의 다리

아비뇽의 다리

김 윤 시조집

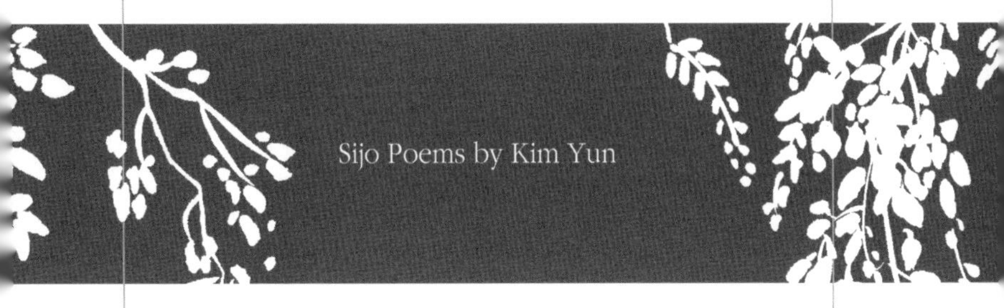

■ 시인의 말

길게 끌고 온 그림자
야윈 손이 시리다

내 안의 퍼즐이
아직 맞춰지질 않아

아비농 끊긴 다리 위에서
목 놓아 울었다

2017년 여름
김 윤

차례 김 윤 시조집

03

04

05

01

불땀

먼 들판 한 자락이 하롱하롱 타고 있다

마른 땅 각질 거둬가는 봄의 붉은 입시울

자디잔 물안개들도 산을 슬몃 찔벅댄다

갈앉은 시간들이 풍선처럼 부풀면서

야생의 누른 불땀 광채를 내뿜는 때

하늘이 회색 장막을 서둘러 거둬간다

봄눈

시린 코끝 간질이는

날벌레 날갯짓 같은

포롱포롱 여린 눈발

어지러이 흩날리고

손톱을 만지작거리는

봄의 둔부 뜨겁다

꽃의 비밀

억겁의 비와 바람 빗금으로 새겨 넣고
소금꽃 핀 앙금에도 몽실한 씨앗 하나
꽃들은 무슨 언어를 그 안에 감춘 걸까

간지러운 바람결에 한낮의 부신 햇살
스릇 고인 은하의 빛 이슬로 뿌려주면
기나긴 시간의 진액 다려내는 탕기湯器 같다

겨울의 막장 뚫고 솟아나는 푸른 결기
살 오른 햇살 안고 꽃샘추위에 맞서가며
어느 날 문득 터지는 저 황홀을 사랑하리!

봄

금빛 햇살 머문 자리

이끼 마른 돌담마다

귀 기우리면 들리는가

봄이 탁! 터지는 소리

샛노란

복수초 꽃잎

얼음 하늘 털고 있다

도심의 참꽃

잎새가 아직 마른 도시의 한복판에
굶네 먹네 엄살해도 줄지 않는 햇발 속
허기진 비둘기 떼가 구구구 지나간다

맞은 편 빌딩 그늘로 봄바람 살랑일 때
늘리고 보탤 것 없는 화단을 지나서
화들짝 별똥이 튄다! 참꽃이 핀다고

광화문에서 길을 묻다

부르튼 발목으로 아스팔트 서성이다
나목마저 불꽃 감은 용궁 같은 광화문
만 갈래 빛의 미로에서
문득 길을 잃었다

흙먼지 낙진처럼 흩날리는 골목 어귀
놓쳐버린 길목에서 시들부들 녹슬다
줄줄이 삭아 내리는
철문 같은 나를 본다

젖은 구두 말려줄 바람이 눈 뜨는 거리
세종로 후미진 길 마른 숨을 고르며
반갑게 꽃잎 물고 올
봄빛 삼가 기다린다

가면무도회

섬뜩한 뭉크 가면 춤추는 거리에 서면

누가 나의 동류항이고 누가 또 적인가

들끓는 군중의 외침 허공 속에 공허하다

광란의 춤사위가 펼쳐지는 아스팔트

볏 세운 쌈닭처럼 본능만 질주하고

광장의 붉은 깃발이 파도처럼 출렁인다

봄의 언덕

죽은 듯 마른 가지 부러뜨리려 잡고 보자
어느새 물 오른 껍질 촉촉이 젖어 있고
복사꽃 만개한 엽서 빈 뜨락에 날아든다

보송한 솜털을 단 머윗대 같은 여린 봄이
안개꽃 창을 가린 병실을 기웃대다
냉이꽃 향기에 취해 담을 훌쩍 넘는다

물때 낀 수저통과 삶아 헤진 속옷들을
보물처럼 개켜놓고 떠나가신 어머니
그 사월 봄볕을 쬐는 봉분이 싱그럽다

밀 익는 이랑마다

금색실 자수 놓듯 밀 익는 이랑마다
풍기는 밥내 술내 봄 살내 물결치고
깊이 팬 그날의 말씀 별이 되어 반짝인다

혀끝 타는 목마름 둥근 밤 등불 켜고
한평생 사무친 일 앙가슴 후벼 팔 때
다정한 목소리 하나 귓바퀴를 맴돈다

봄날은 간다

빗방울 추적추적 겨울 때를 씻는 봄날
목도리 털장갑을 서랍 속에 개켜 놓고
새물내 봄의 향기를 코끝으로 더듬는다

계절을 갈마드는 공전의 발자국들
굳게 뭉친 어깨근육 햇살에 내어줄 때
겨우내 잠자던 가지 솜털 보송 돋아난다

거부할 수 없는 하루 목울대 접을 때면
울컥 차오르는 속내 혀끝을 무는 저녁
잘라도 아프지 않을 굳은 손끝 뜯는다

은물결 속살거리듯

산 아래 강에 잠긴 별빛들 총총한 저녁
고기 떼 뒤척이듯 금 비늘 쓸려 다니고
춤추는 무녀였던가 수양버들 흔들린다

미농지에 싸여 있던 잠을 막 걷어내면
달궈진 체온은 옥수수 터질 듯 부풀고
이따금 개똥벌레가 별똥처럼 날아간다

세속도시 불빛들은 제 각각 흩어지고
휘우듬한 강 둔치에 조는 듯 목선 한 척
은물결 속살거리듯 은파들만 밀려온다

여명의 바람

꼬리를 물고 무는 아스팔트 불빛 너머
젖빛 안개 내려앉아 묵상하는 시장바닥
아귀 속 출렁거렸던 하루해가 잠긴다

리모컨에 쏟아지는 눈발 같은 빈 언어들
변죽만 건드리는 서민복지 뉴스 뒤로
성에 낀 유리를 닦는 시린 손등 보인다

여명은 아직 멀어 어둠에 덮인 동녘
차례상 기다리는 종갓집 빈 채반 같은
먼 하늘 홰치는 소리 동살처럼 퍼진다

밤에 우는 매미

일곱 해 어둠을 뚫고 땅 위로 나온 매미
무엇이 그리 서러워 칠 일간 우는 건가
여름날 열기 속에서 덧없이 애처롭다

며칠째 안개에 갇혀 녹물 흐르는 도시
잃어버린 햇빛 탓에 울지도 못했는가
가로등 불빛 껴안고 밤새도록 글썽인다

02

갠지스강 1

강물이 불타는 걸
그대는 보았는가

나무도 타오르고
인육人肉도 타고
태양의 심장도 타는

갠지스 강가에 서면
눈물마저 핫핫하다

산 자의 두려움도
죽은 자의 허망함도

허기진 욕망마저
모조리 태우는 강

죽음은 또 다른 시작
순응의 길 보인다

갠지스강 2

가까이 서서 보면 장날처럼 시끄럽고
멀리 보면 화석처럼 굳어있는 망망한 강
도도히 흐르는 물이 나날을 싣고 간다

이승의 복판에서 허우적댄 마지막 열기
뜨거웠던 눈과 입술 서서히 식어갈 때
지상의 동구 밖으로 바람이 휙 지나간다

웃으며 떠나는 만행의 발자국 따라
이제껏 따스하고 뽀송하던 그 살결도
잡으면 먼지뿐인 하얀 한줌 재로 남는다

갠지스강 3

이글대던 불기둥이 집채처럼 쓰러진다
살도 뼈도 흐너지고 사대四大*각각 흩어져
다비식 불 푸른 연기 하늘가로 올라간다

살아 생전 세속도시 저잣거리 헤매던 몸
산 자의 욕망일랑 흩날리는 쓰레기일 뿐
둥 둥둥 울리는 북소리 신에게 다가간다

힘겨운 보행 접고 바라나시 접어들 때
산 자의 기억들은 망자의 혼불되어
갠지스 춤추는 물결 화엄처럼 흐른다

---

* 사람의 몸이 흙·물·불·바람(地·水·火·風)의 네 가지 요소로 성립되었다는 불교 용어.

개망초의 저녁

늦더위 꽃잎을 문 쭉정이 별처럼

목이 빠지도록 개망초 할할 타고

곱다시 늙은 호숫가 별들이 쏟아진다

그 숲에 살고 싶다

홀연히 떠나버린 땡글이*의 그 숨결은
은비늘 늘어뜨린 우리 뒷산 숲에 산다
바람이 스쳐간 자리, 별빛이 속살대듯

안녕! 하면 들려오는 나직한 속삭임들
아린 가슴 다독여 상처를 잠재우며
청보리 허리 흔드는 애잔한 너의 소리

살붙이 볼 비비며 조물거리고 싶은 시간
바람은 그리운 사람을 부르는 소리인가
나 또한 나무가 되어 거기 숲에 살고 싶다

* 저자가 16년 동안 기른 반려견 이름.

섬진강 아낙

해토머리 강둑 따라
쑥을 캐는 아낙네들

흙 묻은 손톱 밑에
아지랑이 마실 왔나

물안개 스멀거리자
톡!
깨문다,
꽃 입술을

강가의 폐선廢船

자디잔 물비늘 은어 떼같이 반짝이고
산 넘어 흰구름 한 폭 하품하며 돌아서
얼음물 시린 바람에 오목가슴 저려온다

이따금 햇빛 한 점 칼날처럼 번득이고
거뭇한 호수 밑바닥 숨 쉬듯 움직이자
민물게 짝을 찾는 듯 거품을 내뱉는다

낮게 가라앉은 강가의 잿빛 그림자
수은등 흐린 불빛 비 오는 차창 같고
적막한 폐가廢家 뒤편에 멈춰선 배 한 척

리옹으로 가는 기차

안개 속 은사시나무 잿빛 하늘 뒤로 하고
스산한 가을 오후 리옹으로 가는 기차
이국적 풍광에 빠진 이방인은 숨이 차다

몽골계 아리안계 게르만과 노르만인들
말소리 다 다르고 생김새도 각각인데
맨 얼굴 맞대고 앉아 한 곳으로 가고 있다

말 없는 눈웃음에 졸인 마음 풀어놓고
저마다 앞섶 열고 모노드라마 펼치는 듯
따뜻한 도시의 불빛 지친 걸음 끌안는다

꽃잎 흔들리는데

문설주 넘나들며
할딱이든 박새 혀

바람을 보셨는지요
꽃잎 흔들리는데

선, 선은 점의 연속인가
그렇게 다가온 임종

오래 살아온 나날들
그 박새 몸짓 같다

어제의 따스한 숨결
한줌 재가 된 어머니

바람은 그리운 사람을
부르는 소리인가요

돌아오지 않는 강

산 자도 죽은 자도 별리는 끔찍하다
지상의 잔치마당 붉게 타던 그 입술
목관 속 눈부신 수의壽衣 마지막 선물같다

숨 고를 틈도 없이 갈팡질팡 나부대다
속절없이 떠나는가, 허방 짚는 이생살이
재우쳐 돌아오지 못할 전설의 나라 어디 있나

셀 수 없는 심박동만 혈관 속을 뜀박질하고
소금기 밴 눈물방울 눈가 주름 씀벅일 때
팔 벌려 껴안고 싶은 강물 홀로 뒤척인다

드론 위에 뜬 달

아이들 재잘거림 멈춘 지도 꽤 오래다
모두 다 떠나버린 황량한 수몰지구
부풀어 터질 것 같은 보름달만 휜하다

잿빛 연기 스멀대는 키 낮은 옹기굴뚝
코끝을 유혹하며 술 익던 아랫목마다
어머니 빛바랜 시간 물속에 잠겨있다

드론에 실려온 제물 한가위 추억하며
진초록 여름날이 단풍잎에 덮여가고
달빛도 구름에 묻혀 강기슭을 서성인다

마장동 불꽃놀이

춤추는 푸른 불꽃 그곳은 늘 타고 있다
간판 걸린 가게마다 매캐한 잉걸불이
아뿔사! 살아있는 건 또 다른 살을 탐해

아롱사태 제비추리 현란한 이름으로
혀끝을 유혹하는 푸줏간 맛의 향연
저마다 힘줄 세우고 제 입술을 씹는다

선한 눈 껌벅이던 어제의 축생들이
인간의 입속으로 사라지는 오늘도
갠지스 불타는 강가 육신도 타고 있다

03

아비뇽의 다리

자취 없이 꿈틀대는 전설의 도시 한 켠
나그네들 주고받는 허전한 눈빛 속에
검버섯 도지는 건물 그 위세에 전율한다

취기 오른 이방인들 흥청대는 길가에서
잘려나간 고흐의 귀 어디서 헤매는지
섬뜩한 뭉크의 절규 소름이 다시 돋고

천 년을 견디어도 돌은 그냥 침묵할 뿐
백년도 부르지 못할 우리들의 노래라니
아비뇽 끊긴 다리에 서성이는 나를 본다

모네의 화실

연둣잎 아스라이 흔들리는 창 사이로
나신을 탐하던 붓끝 어디로 사라졌나
달빛에 왈츠를 추던 그 모네와 카미유

꽃들의 속살거림, 자작나무 간지럼도
활화산 풀무질하듯 끓어오른 벽 속의 춤
숨 죽여 고요해진 후 그림만 남아 있다

태양의 기울기로 색과 빛을 가늠하며
우울한 속내 감추려 덧칠하던 자화상
지나간 아린 사랑에 내 눈도 시려온다

미라에게

길고 긴 침묵으로 말문 닫은 얇은 입술
누르면 통 튕길 듯 탄력 있는 그 살결에
아직도 검붉은 연지 서늘하게 살아있다

촘촘한 바늘 땀의 동정 깃도 고운 의관
수만 날 바람과 달빛 치마폭에 끌어안고
파라오 왕비의 관능, 관 속에서 화려하다

뇌쇄적인 배꼽에 칼날같이 섬뜩한 춤
은쟁반에 빵을 담던 궁녀의 팔을 치고
억겁의 시간 속에서 돌꽃 마냥 피고 있다

스페인 광장

오색종이 눈발처럼 풀풀풀 날려가고
적요의 틈은 잠시 입맞춤에 젖어드는
설렘에 들뜬 이방인 낯선 거리에 서다

이끼 푸른 유리성 타오르는 불빛 속에
금발머리 나풀대는 탱탱한 무희들 몸짓
즐비한 노천카페엔 춤사위가 질펀하다

밤늦도록 떠밀리다 발목 시린 길가에는
고른 잇속 드러낸 채 미소 띤 아까시 꽃
고향집 뒤뜰에 서서 날 부르는 향수인가

알함브라 궁전

지상의 온갖 보석 눈 찌르는 벽과 천장
수천수만 석공 손톱 닳고 닳아 사포가 된
그 옛날 천년 무굴의 어린 왕비 흐느낀다

꽃무릇 빛깔처럼 신비로운 붉은 궁전
사이프러스 나무 향기 온 마을 휘감아도
핏자국 얼룩진 계단, 처연함에 숨막힌다

안개비 내려앉은 알함브라 슬픈 전설
억겁의 뒤안길에서 시린 가슴 저미는 건
너와 나 생의 모서리 서로 닮아 있음인가

아무르 강

우물 속 이끼처럼 축축한 시간 저편
투망에 발목 잡혀 꼼짝 못한 겨운 날에
어둠을 더듬는 낮달 애운함을 감춘다

해거름 아무르 강 목 놓아 울던 그때
바람결에 묻어오는 마두금 절절한 소리
전갈의 춤사위 같던 사랑도 끝이 났다

흘러간 모든 것은 물그림자 남기는가
값지고 소중한 쓸모 그예 그리 나눠주고
물안개 거두는 햇살, 무지개가 눈부시다

타지마할

소름 오싹 끼치도록 새하얀 달빛 아래
천 년의 강을 건너 춤추는 무굴 왕비
대리석 하얀 무덤이 궁전인 양 황홀하다

눈 덮인 마을처럼 부딪치는 빛과 빛들
바람결에 무딘 칼날 곧추세운 병사 하나
올 풀린 군화의 끈을 다시 조여 매고 있다

삶과 죽음 부질없고 시간마저 덧없는가
미라가 된 나의 육신 밤의 적막 그러안고
밀랍의 단추 채우듯 돌아갈 길 찾는다

마리 앙투아네트

지상의 그 무엇이 이보다 더 화려할까
허리를 조여 매는 보석벨트 비단드레스
한 시절 호사한 흔적 만져질 듯 다가온다

금식기 은쟁반에 깃털침구 휘어 감고
움직이는 혀끝마다 산해진미 탐식하던
교만한 인간의 극치 반증하는 거울의 방

무얼 그리 간구했나 부질없는 숨결 찾아
수 억겁 훌쩍 스친 시간의 뒤안길에서
지난날 조망해보는 허무 속에 내가 있다

인터라켄에 누워

흩어진 운무 사이 신비롭게 드러난 설산
흰 커튼 열고 보면 동화 속 그림 같은
사슴 코 붉은 지붕이 쌓인 눈을 녹인다

자작나무 타고 있는 페치카에 와인 한 잔
풀냄새 진한 치즈 목젖을 울려올 때
후드득 쏟아진 별빛 어깨를 툭 치고 간다

매연과 미세먼지 답답한 도시를 벗어나
알프스 산정에서 굴레 아닌 굴레를 벗고
가만히 되짚는 일상 만년설에 묻는다

이카로스, 날개를 접다

햇살 부신 텅 빈 공원 한낮의 정적 속을
무늬 고운 호랑나비 날갯짓도 멈추었다
끌고 온 하늘의 무게 그도 잠시 내려놓고

수능 취업 혼사에 눌리다 이젠 또 노후 걱정
밀랍 땜 날개 달고 해를 향한 당찬 유희
부정맥 어혈 든 핏줄 팔다리에 감긴다

풀 한 포기 보이지 않는 라다크 계곡에서
못 채운 허기 달래며 마른 혀를 내두르는
무딘 발 또 곧추세워 돌을 차는 야크 같다

수선화

멸치 떼 퍼덕이듯
파도 이는 겨울바다
촉촉이 젖어드는
해토머리 돌담 밑에
가녀린 꽃송이 하나
땅을 짚고 일어선다

유배지의 서러움을
잎새마다 피워 물고
추사秋史의 애절한 숨결
눈발처럼 흩날리는
차가운 대정 들판에
향기 자욱 퍼트린다

초췌한 퇴기退妓 같은
풀어진 시래기 같은
날벌레 허물처럼
외면도 하고 싶은
화산섬 돌길에 누워
잠들고 싶은 봄날

언 강에 울다

냉이꽃 하얀 속살 짓이기듯 부는 바람
옹색한 햇살 한줌 시린 손 더 시리고
덜 풀린 강에 엎드린 나룻배도 추워 뵌다

저마다 흉기 하나 품고 사는 세상에서
숨쉬기가 두려워진 그날의 추상처럼
일상의 숨찬 하루가 숨바꼭질하고 있다

이웃도 적이 되고 친구도 원수가 되는
일그러진 우리들의 자화상을 씻을 때
수많은 불빛 각각이 저 홀로 타고 있다

04

배롱나무 꽃등

소리의 요정들이 모여 사는 숲 언저리
새벽 먼 강물소리 풀잎들이 살랑이고
온몸에 간지럼 타는 배롱나무 서있다

저만치 물러선 바람 덧니 살짝 보이면
처서 지난 하늘가에 수척해진 진분홍 꽃
큰길 옆 정원을 밝힌 불꽃놀이 장관이다

종갓집 늙은 종부 손끝 저민 제물처럼
나의 살 나의 뼈 꽃잎이 돋아나면
한 백일 지등을 켜는 백일홍이 되려나

태풍 무렵

바위틈에 부리 묻고 할딱이는 거친 숨결

깃털도 꽁지도 뜯겨 울지 못하는 새들

밑뿌리 흔들린 나무에 비스듬히 눕는다

비바람이 앞을 가린 어둠 속 대피소

도시의 불빛마저 와들와들 떨고 있다

상처 난 뭇 생령들이 빈 천장을 우러른다

여름의 자서自敍

혀끝을 수십만 번 풀무질하는 젓가락
닳고 닳아 사라져 간 시간의 그림자는
숫돌 위 칼날이 되어 베일 듯 번득인다

식탁 너머 쪽문 열면 푸르게 펼치는 하늘
젊은 날 쉽고 아렸던 그 숱한 편린 뒤로
아버지 은수저 한 벌 강물 따라 흐른다

유년은 바람결에 뚝뚝 지는 꽃잎처럼
산 자의 뒤안길로 목이 메어 사라지고
울창한 여름나무들 비망록을 쓰고 있다

천수만 청둥오리

지축을 뒤흔드는 수만 개 북 두드린다
오색 깃발 나부끼는 천수만 대형 스크린
지고 온 바이칼호의 눈발 털어놓는 오리 떼

아무르강 창공 넘어 돌아온 지친 목청
오랜 허기 채워 줄 볍씨 한 톨 아쉬운데
해 짧아 어두운 지구 먼 별빛만 성글어

민들레 솜털 가슴 그래도 활짝 열고
야윈 목 길게 뽑아 힘겹게 활개 치며
살얼음 찰랑 가르고 화살처럼 날아든다

동백꽃

긴 침묵을 삼킨 듯 처연한 붉은 입술

봄날의 끝자락에 허물어진 4월의 증언

온 밤을 불태운 동백

붉게 울다

지고 있다

바람의 전언傳言

실 바늘 한 몸이듯 부모자식 한 뱃속에
억겁의 시간 너머 너와 나 묶인 고리
불가마 흰 연기 속에 백자로 남았다

손대면 깨질 듯 만지기도 두려웠던
넘실대는 파도 속 맴도는 부유물 같아
멀리서 가까이서도 애달픈 통곡이다

목청 돋운 가시 말에 가쁜 숨 멈출 때
한평생 놓지 못할 사위는 지문마다
냉가슴 밑바닥에서 울고 있는 바람소리

민어

푸른 심해 젖줄 물고 해안선 따라와서
만조의 연안부두 올라앉은 저 민어 떼
무엇을 외쳐대는지 둥글게 벌린 입술

인간의 혀를 녹일 부드러운 속살마다
철썩 철썩 부서지는 파도소리 실어놓고
그물에 걸리지 않는 바람이고 싶었던가

은비늘 퍼덕이며 되돌아가 부를 노래
부딪치는 술잔 너머 잊혀진 지 오래인데
도마 위 번쩍임 속에 뱃고동 멀어진다

새벽의 칼춤

새벽녘 도마 위에 끈적대는 비린내는
선잠 깬 손끝으로 잡았던 칼 때문이다
아침이 해를 끓이듯 반복되는 일상 속

한 무늬 한 탯줄에 가족이란 이름으로
때때론 애틋함에 어떤 날은 미움으로
혀끝에 맴도는 말들 입 안으로 삼키면서

살아선 끊지 못할 피와 피의 찐득한 끈
칼춤에 빠진 몸짓 스스로 멈출 수 없어
깊이 벤 손끝 지문이 시나브로 닳고 있다

쑥부쟁이

구절초 흐드러진 처서 지난 산자락에
윙윙대던 말벌 떼도 날개 접는 적막 속
홀연히 생의 조각보 이사 오듯 펼친다

온 가슴 에어오는 첫 아이 울음소리도
오색빛 찬란했던 젊은 날의 그 환희도
십자수 바늘 땀 속에 새겨 넣는 시간들

고속촬영 한 세월을 되감듯 따라가면
동구 밖 느티나무가 엄마 음성 들려주고
달빛에 쑥부쟁이가 내 어린 날을 영사한다

거울

콧방울 벌름대며 놓친 먹이 쫓아가듯
서로가 보지 못하며 주고받지 못하고
충혈된 서툰 눈빛으로 거울 속을 떠돈다

허우적 발목 빠진 허방다리 늪에서
너나없이 숨 막히는 나날의 암투 너머
마음속 거울 하나를 처음인 듯 꺼내본다

연어의 가을

노을빛 붉은 뱃살 터질 듯이 부풀린다
회귀의 꿈을 좇아 물거품 헤쳐 가며
날 세운 은빛 지느러미 여울을 차오른다

가쁜 숨 할딱이며 강바닥을 쓸고 쓸며
돌 틈에 알을 낳는 모정의 힘겨운 몸짓
마침내 다다른 고향 지친 몸을 누인다

살점 뜯긴 어미 두고 떠나가는 강물 너머
초승달 아스라이 흔들리는 불빛 따라
구절초 만개한 가을 한 세월을 묻는다

상실의 거리

성형문신 새긴 도시 현란한 몸짓 앞에
광란의 콘크리트 정글처럼 메숲지고
화려한 유리벽 속의 눈빛들이 발광한다

미소를 잃어버린 보톡스에 굳은 입술
짧아질 밑단마저 더는 없는 치마폭에
복제된 명품 문양이 얼룩처럼 박힌다

네가 난 듯 내가 넌 듯 구분 못할 거리에 서면
달콤한 공약들이 비틀대며 다가서고
거울 속 또 다른 내가 나를 향해 웃고 있다

05

깃발의 향연

물에 뜬 기름처럼 섞이지 못한 이방인들

살풀이 한판 춤이 쓰러질 듯 이어지고

응어리 토할 때마다 불빛들이 깜박인다

삐걱대는 계단 위로 낡은 신발 미끄럽고

오래된 해태마저 말문 닫고 웅크린 날

횡격막 여윈 틈새로 부정맥이 뜀을 뛴다

도시의 황진이

청계천 물길 따라 도심의 송사리 떼
허공을 안고 활갯짓하는 은비늘처럼
가로수 푸른 이파리도 손뼉 치며 들렌다

이따금 건들바람 옷깃 스쳐 지나가고
관능스레 휘감은 뱀 무늬 스타킹
와인색 짙은 입술로 허전함을 감춘다

찻잔을 앞에 놓고 홀로 앉은 나른한 오후
두 눈에 불꽃 튀는 정념情念도 잠재우고
전갈의 춤 같은 사랑을 다시 갈망해 본다

봄, 광화문

청계천 나들이 후 잔기침이 잦아진다
끈적한 호흡 속에 쉰 목청 핏발선 눈
봉긋이 눈뜬 잎새들 깜짝 놀라 움츠린다

단수된 수도꼭지 헛바람만 뱉어내듯
개혁이니 이념이니 맞장 뜨는 목청들
황사 낀 미세먼지가 온 도시를 덮는다

냉랭한 도심공기, 대기권서 꺾인 햇살
어미의 젖가슴 찾아 버둥대는 새끼마냥
아련히 지나간 봄날 그 뜰로 가고 싶다

블랙 스완

깃털 사이 움직이는 화려한 몸짓마다
마스카라 세운 눈썹 울적함이 묻어있다
잘 그린 동판화 찍듯 서글픈 유희의 무대

번개 치듯, 번개 치듯 현란한 조명 아래
그 불빛에 도드라져 굴곡진 발가락 마디
인고의 시간을 넘는 춤사위를 펼친다

백조를 꿈꾼 날개 마침내 비상飛翔이다
호수를 박차고 오른 허공 속 갈기같이
객석에 퍼지는 환호 온 하늘을 울린다

청동 입술

수녀원 수녀를 보라 고행도 아름답다
한평생 기도소리 푸른 적막을 깨워
돌보다 무거운 한 몸 하늘 아래 누인다

뇌살스런 눈빛 광채 유혹의 비늘 털어
스모그 가득한 들뜬 감성 잠재우고
제복의 청동입술로 서러움을 감춘다

무엇도 내 것은 없는 차가운 묵주 침묵
잎새 흔든 맑은 바람 저물도록 뒤설렌다
언 몸을 다스린 새벽 돌담에 달 기운다

어슬녘 어물전

비린내 물씬하다 동공 풀린 이색지대
발에 치인 사람과 풍물에 중독된 듯
좌판에 누운 생선이 선하품을 하고 있다

베링해협 찬 물살을 가르던 대구하며
서해의 흰 달빛과 숨바꼭질하던 낙지
별빛에 온몸을 씻던 은갈치도 보인다

투명한 비닐장갑 덧끼운 목장갑들
가끔은 갈매기도 손님인 양 흥정하는
사리의 파도소리에 포구 거리 젖는다

타인의 도시

어딜 가나 옷이 젖는 눅눅한 길거리를
숨 가삐 다녀 봐도 팍팍하게 마른 폐부
희뿌연 미세먼지가 눈과 귀를 가린다

버거운 들숨날숨 회색도시 한복판은
이웃들 하나 없는 무참한 정글 바닥
서로를 노리는 눈빛 어둠 속에 섬뜩하다

무엇이 등과 등을 맞대게 하는 걸까
대거리 맞장뜨기 결투하듯 지는 하루
손 짚은 출구조차도 빠져야 할 늪이었다

봄, 길상사

뜨락에 흐드러진 노란 꽃잎 살짝 얼고
아직은 때 이른 봄, 잔 눈발 설레발에
여린 꽃 작은 잎새들 뭉개질까 조바심난다

길상사 곳곳마다 무리 지은 개나리꽃
아찔하게 배어나는 여인의 체취처럼
그 향기 빛깔에 취해 나도 그만 주저앉고

흰 당나귀 그 사내는 이제 다시 볼 수 없고
백석白石의 나타샤도 어느 산골로 떠났는데*
애절한 범종소리만 산문 앞을 떠돈다

---

* 백석의 시 「나와 나타샤와 흰 당나귀」에서 차용.

혹등고래

빙점의 깊은 바다 온몸으로 부딪치며
파도마저 들었다 놓는 파장 긴 숨비소리
가슴에 허기를 묻은 혹등고래 울고 있다

끊길 듯 이어지는 저 통곡의 몸부림
애절한 목청 앞에 포구도 수런대고
베링 해 차가운 물살, 태평양 요동친다

집채만 한 몸집에도 서리태 닮은 두 눈
가면을 쓰지 않은 고 순한 인상 앞에
작살 든 인간의 혀끝 엘니뇨가 덮친다

늦가을 점묘點描

투명한 유리창 속 교태로운 몸짓에도
관능을 잃은 여인 스타킹이 칙칙하다
스산한 덕수궁 뒷길 담쟁이도 붉어지고

하루치 고단함이 구두 굽에 묻는 저녁
냉랭한 눈빛들이 도로 위를 배회하고
샹송의 아르페지오 낙엽처럼 구른다

옹색한 화단 한 켠 노란국화 시들 즈음
포장마차 연탄화덕 풍겨오는 비린 살내
바람에 저무는 가을 덧없이 사위어간다

겨울 숲

부러지고 꺾어져도 팔을 젓는 나무들

살얼음 그믐 달빛 멈춰선 강물을 딛고

맨발의 바람을 따라 먼 길 홀로 나선다

기우는 시간 쫓듯 가끔씩 스치는 불빛

수런대는 가지들이 쏟아진 은하 품고

오래된 청동기 같은 빛 속에 눕는다

다시 그 자리

겨울비 추적대는 질척한 퇴근길에
도마뱀 꼬리처럼 사라지는 전동열차
네 맘에 내 눈을 싣고 어둠 속을 가른다

전갈의 춤사위 같던 어젯밤 그 떨림도
아무런 의미 없이 차창을 스쳐가고
죽은 듯 땅속에 박힌 빈 의자만 덩그렇다

하루가 숨 가빠도 복원되지 않는 시간
돌아보면 다시 서있는 그냥 그 자리에
남모를 쇳덩이 하나 내 발목을 붙든다

해설

내면의 깊이를 읽어내는 삶의 여정

정수자(시조시인)

1

우리는 왜 굳이 쓰는가. 이른바 '시인공화국'에 무엇을 보태는가. 게다가 왜 하필 시조인가. 근본적 질문들과 종종 마주치며 우린 오늘도 쓴다. 시조를 택한 까닭이며 나름의 추구 등을 내세워도 때때로 갸우뚱하는 눈빛도 만난다. 그런 판에 늦은 등단이라면 자신의 세계를 어찌 세워갈 것인지 고민이 더 깊을 수도 있다. 김윤 시인도 늦은 만큼 치열하게 자신만의 쓰기를 추구했을 테니 첫 작품집은 그런 여정의 오붓한 귀결이라 하겠다.

김윤 시인은 2009년 『시조시학』 신인상 수상 뒤, 2013년 신춘문예(경상일보)에 다시 당선하며 작품 활동에도 박차를 가했다. 그간 추구해온 시적 지향과 방향은 이 시조집에 집중적으로 나타나는 대상을 통해 만날 수 있다. 시인은 자신의 현재 삶터인 도시에서 직면하는 여러 문제와 익숙한 터전을 떠나서 마주치는 여행지에서의 소회 등으로 대별되는 특성을 보여준다. 물론 그 사이사이에는 여성시인 특유의 살림 정신이 깃든 경험과 곡절로 이루는 내밀한 무늬의 작품들도 있다. 그렇게 자신이 발 딛고 사는 삶터에 대한 인식은 '지금, 이곳'을 더 다각적으로 읽어내는 시선을 담보하는 한편 여행을 통해 다시 읽어보는 자신의 삶과 내면 성찰 등으로 깊어진다.

서식처이거나 여행지이거나 도시는 삶의 터전이다. 그런데 우리네 일상과 떼려야 뗄 수 없는 도시는 급속도로 변하고 삶도 점점 유목인 같은 양상으로 가고 있다. '호모 노마드'라는 자크 아탈리Jacques Attali의 정의처럼, 세계인이 갈수록 유목인이 되면서 세계를 끊임없이 떠돌고 있는 것이다. 시나 예술도 기존의 정처定處 혹은 경계 넘나들기는 이제 일상이 된 듯싶다. 이런 유목 정신을 오래된 양식에는 어떻게 담아낼 수 있을지, 다시금 짚어보는 것은 김윤 시조집에서도 여행 시편이 많이 나타나기 때문이다. 우리네 삶의 터전을 더 많이 이동하며 만나고 그려본 김윤 시인의 작품집 속으로 들어가 그 여정의 뒤안길을 거닐어보자.

2

김윤 시인이 만난 삶터의 표정은 여정만큼 여러 모습을 띠고 있다. 하지만 그런 열정과 시간을 예비하는 하나의 불

씨인 작품을 먼저 보는 게 이해에 편할 듯싶다. 독자에게는 「불땀」이 그런 세계를 여는 하나의 이정표처럼 보이는데, 김윤 시인이 열고자 고심하는 세계의 한 길을 만날 수 있기 때문이다. 여기서 "불땀"을 다시 보면 '화력이 세고 약한 정도'를 나타내는 명사로 시골에서 더 많이 들어온 말이다. 앞뒤에 무슨 수식어나 주어 혹은 술어가 있어야 이해가 더 되는 단어라 '불땀이 꽤 좋다' 같은 표현으로 종종 쓰였다. 그런데 시인은 그냥 맨몸으로 이 단어를 놓아서 봄의 들판을 태우고 다시 일구는 모습으로 번지도록 배치하고 있다. 이때 불땀이 더 다양한 양상으로 파급되는 효과를 염두에 둔 것일까.

먼 들판 한 자락이 하롱하롱 타고 있다
마른 땅 각질 거둬가는 봄의 붉은 입시울
자디잔 물안개들도 산을 슬몃 찔벅댄다

갈앉은 시간들이 풍선처럼 부풀면서
야생의 누른 불땀 광채를 내뿜는 때
하늘이 회색 장막을 서둘러 거둬간다

-「불땀」 전문

이 시조에서 "먼 들판 한 자락"은 우리가 많이 봐온 일반적인 들판이다. 봄을 맞아 겨울의 "마른 땅 각질"들을 태우는 우리네 들판의 흔한 장면일 뿐이다. 그런데 일상 속의 대상도 어떻게 읽느냐에 따라 완전히 달라지듯, 그 불길을 읽는 시인의 눈에서 새로운 재현이 비롯된다. 이는 "봄의 붉은 입시울"이라는 감각적 묘사로부터 나오는데 그것이 또 다음 종장을 예비하는 관능성과 이어지면서 간단치 않은 힘을 지니는 것이다. "자디잔 물안개들도 산을 슬몃 찔벅댄다"는 표현의 묘한 다의성 때문이다. 보통 물안개는 산수화 속에서 산과 물 혹은 속세와 그 너머의 모호한 경계境界라든지 농담濃淡을 통한 미적 효과 등으로 번짐의 미학을 드러낼 때 많이 수반되는 이미지다. 그런데 그 물안개들이 "산을 슬몃 찔벅댄다"고 속을 들춰 보이니 "물안개"에 지금까지 별로 드러나지 않던 관능을 슬쩍 얹어 보는 맛이 새로운 것이다. 게다가 "찔벅댄다"는 사투리('집적거리다'의 전라방언)의 은근히 파고드는 맛이 더 진하게 번지는 효과도 배가한다.

그러나 시인은 조금 더 농염해질 수 있는 장면을 그런 관능성 자체가 아니라 "야생의 누른 불땀 광채를 내뿜는" 봄이라는 시절다운 자연의 수렴으로 맺는다. 봄이란 겨울을 태우고 나오는 새싹들의 향연장. 그러니 "찔벅"대는 행위조차 세상으로 싹을 내보내기 위한 아름다운 수작이라 하리라. 결국 하늘도 "회색 장막을 서둘러 거둬가며" 묵은 땅에도 새로운 봄이 맨낯을 씻고 나온다. 기존의 각질들을 태워야 새 잎이며 꽃들이 저의 세상을 다시 열어젖히는 것이다. 그런 봄의 대향연을 여는 바탕이 바로 "불땀"이니 도처의

"붉은 입시울" 역시 더 환한 봄을 펼쳐내는 오래된 힘이다. "하롱하롱" 들판의 "봄의 붉은 입시울"들이 타오르는 모습이 관능을 살짝 깨우나 싶더니 그것을 바탕 삼아 생명의 향연을 마련하는 것이다. 여기서 나아가 꽃들의 개화도 "불땀"으로 읽어 보면 시적 여운이 "하롱하롱" 더 넓어지는 가편이다.

김윤 시인은 이와 비슷한 봄 시편을 어느 계절보다 여러 편 보여준다는 점에서 주목된다. 그 중 우리 시선이 오래 머무는 작품 「봄눈」을 곰곰 읽어보자.

> 시린 코끝 간질이는
> 날벌레 날갯짓 같은
> 포롱포롱 여린 눈발
> 어지러이 흩날리고
> 손톱을 만지작거리는
> 봄의 둔부 뜨겁다
>
> ―「봄눈」 전문

눈발은 봄이 완연해졌다 싶을 때도 의외로 치고 가기 일쑤다. 그런 눈을 바라보며 조금 평이하게 시작한 이 시조가 우리의 눈을 다시 활짝 깨운다. 종장의 색다른 표현이 견인하는 힘이다. "봄의 둔부"라니, 그 "봄의 둔부"가 또 "뜨겁다"니! 쓱 읽어가던 눈에 자꾸 되작여지는 종장으로 작품의 품이 달라진다. "둔부"라는 단어에는 오랜 동안 담아온 관능성이 있다. 게다가 "손톱을 만지작거리는"이라는 표현에서도 비슷한 암시를 엿볼 수 있다. 하지만 너무 익숙해진 관능적 느낌보다 크게 와 닿는 것은 봄과 더불어 품음직한 잉태라는 이미지다. 작품 속의 "둔부"가 모성을 내포한 여성의 둔부로 느껴지기에 그러하고, 때가 바야흐로 봄이라 더욱 그렇게 보이는 것이겠다. 봄이야말로 잉태와 분만으로 분분한 모성의 계절임이 분명할진대, "포롱포롱 여린 눈발"을 맞은 "봄의 둔부"가 지금 "뜨겁다"는 것 아닌가! 짧지 않은 세월을 종부로 살아온 여성시인다운 발상과 해석으로 시적인 관능을 아슬아슬 타면서 봄의 잉태를 찬양하는 종장은 그래서 볼수록 더 절묘하다.

3

김윤 시인은 도심을 자주 지나다니는 서울이라는 대도시의 주민이다. 그렇듯 요즘 시인들은 도시에서도 아파트에 사는 주민이 대다수인데(주소로 확인된다), 예전에 보고 자란 자연으로 경도되어 있는 시조가 많아 좀 비현실적인 느낌이 종종 풍긴다. 모든 시가 반드시 '지금, 이곳'의 문제를 다뤄야 한다는 것은 아니지만 우리의 현실과 너무 동떨어진 인식이나 괴리감을 자주 마주치기 때문이다. 그런 점에서 김윤 시인이 다루는 도시 이야기는 현실 속의 거리이자 일상성을 중시하는 세계관의 한 투영으로 보인다.

시인은 "허기진 비둘기 떼가 구구구 지나간다"(「도심의 참꽃」)는 도심을 지나다니며 그 속에서 우리가 처해 있는 시대상을 읽기도 한다. 그 중 광화문 광장이 자주 등장하는데 단순히 자주 오가는 근린공간이라는 까닭만은 아닌 것 같다. 역사와 전통의 시간을 오롯이 담보한 광화문이자 새로운 광장으로 이어지는 그곳의 특성상, 공간이 담고 있는 역사성과 장소성 등을 두루 짚어볼 수 있는 곳이기 때문이다.

부르튼 발목으로 아스팔트 서성이다
나목마저 불꽃 감은 용궁 같은 광화문
만 갈래 빛의 미로에서
문득 길을 잃었다

흙먼지 낙진처럼 흩날리는 골목 어귀
놓쳐버린 길목에서 시들부들 녹슬다
줄줄이 삭아 내리는
철문 같은 나를 본다

젖은 구두 말려줄 바람이 눈 뜨는 거리
세종로 후미진 길 마른 숨을 고르며
반갑게 꽃잎 물고 올
봄빛 삼가 기다린다

-「광화문에서 길을 묻다」 전문

이 시조의 제목을 현 시대상의 한 압축으로 읽어도 좋을 것이다. 우리가 광화문에서 수없이 외치고 부르고 기다린 것은 '봄' 그것도 정말 '봄다운 봄'이다. 그동안 '봄이 와도 봄 같지 않은 봄春來不似春'이라고 얼마나 자주 한탄했던가. 그 표현을 해마다 상투적으로 쓰면서도 그럴 수밖에 없는 시절을 너무 오래 건너왔다고들 끄덕일 것이다. 그럼에도 작년 겨울부터는 국민적 분노와 저항을 불러일으킨 일로 촛불이 주말마다 모이며 광장이 또 유례없는 뜨거움으로 불타올랐다. 그런 한가운데를 돌파라도 한 듯 시인은 "만 갈래 빛의 미로에서/문득 길을 잃었다"고 한다. 물론 "놓쳐버린 길목에서 시들부들 녹이" 슨 것이 자신의 몫이듯, 헤쳐 나가기 위해 찾아야 할 문 역시 각자의 몫이라고 할 수 있다. 그곳을 지나던 시인의 생각들이 자연스럽게 소망으로 이어진 지극히 개인적인 성찰의 구절로 볼 수도 있는 것이다.

그렇지만 "반갑게 꽃잎 물고 올/봄빛 삼가 기다린다"는 마음은 우리 모두에게 봄다운 봄을 기다리는 간절한 염원이 아닐 수 없다. "부르튼 발목으로" 서성이는 게 어느 시인만의 감당으로 끝나지 않는 일이듯, 우리가 함께 모여 부를수록 '지금보다 나은 세상'을 조금씩 당긴다고 격려하며 서로가 목이 터져라 불러낸 봄이기 때문이다. 그래서 때로는 비록 "볏 세운 쌈닭처럼 본능만 질주하"(「가면무도회」)는 도심의 거리이기도 하지만, 많은 목소리가 모여 참꽃을 피워내는 광장으로 나타나는 것이라고 피력하는 것으로 읽어도 좋을 것이다.

'인생은 멀리서 보면 희극, 가까이서 보면 비극'이라고 한 이가 찰리 채플린이었던가. 그의 말처럼 우리 삶은 단순치 않은 역사를 축적한 드라마이니 누구의 생이든 깊이 들여다보면 고행의 연속이다. 시인이 만난 도시의 또 다른 거리에서 일어나는 이상한 "불꽃놀이"도 삶의 그런 면면을 보여준다. 광장의 촛불과는 전혀 다른 그 "불꽃놀이"는 나날 속의 그로테스크한 광란의 그림으로 비치기도 한다. 단순히 보면 먹고사는 일상이건만 새겨보면 먹고 먹히는 우리네 생의 고리, 나아가 삶과 죽음의 문제를 짚어보는 장면이기 때문이다.

춤추는 푸른 불꽃 그곳은 늘 타고 있다
간판 걸린 가게마다 매캐한 잉걸불이
아뿔사! 살아있는 건 또 다른 살을 탐해

아롱사태 제비추리 현란한 이름으로
혀끝을 유혹하는 푸줏간 맛의 향연
저마다 힘줄 세우고 제 입술을 씹는다

선한 눈 껌벅이던 어제의 축생들이
인간의 입속으로 사라지는 오늘도
갠지스 불타는 강가 육신도 타고 있다

-「마장동 불꽃놀이」 전문

인간도 지구에 존재하는 만물의 한 종種, 다른 동물의 고기를 먹는 동물의 한 부류일 뿐이다. 그런데 '만물의 영장'이라며 지구의 모든 생명체 위에 군림해왔다. "춤추는 푸른 불꽃"으로 "타고 있다"는 곳은 그런 인간의 면모를 되비춘다. "아롱사태 제비추리 현란한 이름으로" 혹은 더 맛있는 부위별 명명으로 "혀끝을 유혹"해온 게 비단 어제 오늘만의 일은 아니다. 그런데 우리가 흔히 만나는 도시의 한 곳이요 외식도 더러 하는 식당가의 익숙한 풍경이 기이한 그림으로 확대된다. "맛의 향연"도 다시 보니 "저마다 힘줄 세우고 제 입술을 씹는" 격이다. 그 모습에 "선한 눈 껌뻑이던 어제의 축생들이" 자꾸 밟히는 까닭이다. 그렇다고 채식주의자가 아닌 이상 고기를 포기할 수 없으니 우리네 "불꽃놀이"는 계속될 것이다. 비록 "갠지스 강가"에서 인간의 "육신도 불타고 있다"는 것을 알지언정, 먹는 일이 산 자의 의무이기도 하니 말이다. 고기 구울 때의 불꽃을 먹자판의 축제화 "불꽃놀이"로 부각하며 이면에 배치한 축생의 "선한 눈"은 먹기에 근본적 질문을 돌아보게 한다.

이렇듯 김윤 시인이 걷는 도시에서는 다양한 삶의 문제를 만나게 된다. 도시가 배경은 아니지만 "야윈 목 길게 뽑아" 빈곤해진 먹이 구하는 「천수만 청둥오리」 같은 철새들의 생존 문제도 환기한다. "지축을 뒤흔드는 수만 개 북"으로 그려낸 모습은 자칫 아름다운 군무 같지만 그 역시 자신들의 생리대로 살기 위한 "오리 떼"의 치열한 여정인 것이다. 해마다 줄거나 죽어나가는 철새들 앞에 서면, 그들의 움직임을 아름다운 춤인 양 그리는 것도 인간의 시선으로 읽는 인간 중심의 피상적 독법에 불과할지도 모른다. 무엇보다 그들의 관점에서 읽을 때 도시든 시골이든 모든 생명체의 문제에 더 직입할 수 있을 테니 말이다.

그렇듯 김윤 시인 역시 도시란 "남모를 쇳덩이 하나 내 발목을 붙"(「다시 그 자리」)드는 곳, 살아가기 더 힘든 곳으로 읽는다. 그렇게 온갖 문제가 들끓는 우리네 삶의 전쟁터 같은 도시와 거리 속의 삶을 붙들고 시인은 더 나은 길을 계속 묻고 찾을 듯하다. 그렇게 삶의 한가운데를 걷는 동안 시인의 내심까지 내어 보태다 보면 "미농지에 싸여 있던 잠을 막 걷어내"(「은물결 속살거리듯」)는 더 환한 봄도 맞을 것이다. 너무 과소비된 우리네 정치적 비유로서의 봄을 넘어 백화제방 만발하는 봄의 그 본색대로 사랑의 찬가 맘껏 부르며 더 다양하게 즐길 수도 있으리니.

4

시인은 최근에 외국 여행이 더 잦아진 것으로 보인다. 작품의 상당한 양이 외국의 유명 예술가나 여행지 등의 방문 경험과 소회를 담아내고 있기 때문이다. 자칭 '국제파출부'라지만 이는 외국에서 잘 나가는 자녀를 둔 입장을 겸허하고 재미있게 부르는 표현일 뿐이다. 어찌 되었든 여행은 시인을 새롭게 만들어주는 경험이요, 거부할 수 없는 미지에의 유혹이 아닐지. 여행지에서 자신을 속속들이 다시 꺼내어 읽어보는 시간이나 그에 따른 단상들이 그 증좌다. 여행이란 모름지기 '발견', '만남', '깨달음', '돌아옴' 같은 말들이 겹쳐 떠오르는 설렘이자 순례임을 재확인케 하는 구절도 많으니 말이다.

강물이 불타는 걸
그대는 보았는가

나무도 타고
인육人肉도 타고
태양의 심장도 타는

갠지스 강가에 서면
눈물마저 핫핫하다

산 자의 두려움도
죽은 자의 허망함도

허기진 욕망마저
모조리 태우는 강

죽음은 또 다른 시작

순응의 길 보인다

－「갠지스강 1」 전문

인도의 갠지스강은 영혼의 세례지 혹은 순례지 같은 곳이다. 세계인이 꼭 한 번 가봐야 하는 곳으로 찾는 여행자들의 성지 같은 곳이기도 하다. 강의 한쪽에서는 시체를 태우는데 다른 쪽에서는 시체가 둥둥 떠가는 물을 성수 삼아 낯을 씻고 몸이며 마음까지 세례모양 씻는 인도인들을 보며 여행자들은 경악하거나 경외심에 숙이거나 대부분 잊을 수 없는 시간을 갖는다. 김윤 시인도 갠지스강에서 마주친 문화적 충격과 죽음 그리고 삶이란 무엇인지 등등에 대한 질문과 성찰을 내려놓을 수 없었던지 몇 편의 연작을 보여준다.

길게 보면 우리 생은 잠시 지나가는 한 줄기 바람에 불과하다. "이승의 복판에서 허우적댄 마지막 열기/뜨거웠던 눈과 입술 서서히 식어갈 때/지상의 동구 밖으로 바람이 휙 지나"(「갠지스강 2」)가는 것과 다를 바 없다. 인류가 지구에서 보낸 기나긴 시간에 비추어보면 나라는 한 인간의 삶은 그야말로 한 호흡이라고 할 만큼 짧은 순간에 불과한 것이다. 그럼에도 우리는 먹고 버리고 울고 불며 오늘을 살고 내일을 걱정해야 한다. 아니 더 잘 먹고 잘 입고 잘 살기 위해 자신의 최대치를 이루기 위해 오늘을 늘 질주할 수밖에 없다. 그것은 살아 있는 자들의 공통적인 운명이다. 숨 막히는 현실의 굴레를 잠시나마 벗을 수는 있다. 그 숨찬 생활이 싫어 궤도를 벗어나는 사람도 더러 있다. 하지만 대부분은 일상을 벗어나 치유와 위안을 받는 여행으로 만족하거나 갠지스강 같은 특별한 곳을 찾아 정신적 거듭남을 구하기도 한다. 그리고는 다시 자신의 터전으로 돌아와 자신의 삶을 전처럼 또 살아내야 하는 것이다. 시인이 읽어낸 "죽음은 또 다른 시작"이라는 깊은 수궁 속에서 "순응의 길"을 보는 것도 크게 보면 그와 다르지 않을 것이다. 죽음만이 아니라 살아있는 중에도 늘 "또 다른 시작"을 해야만 하는 게 우리의 운명이니 말이다.

갠지스강보다 조금 가벼운 여행의 발견이랄까, 즐김 같은 것은 유럽 여러 곳의 명소를 찾은 소회로 묻어난다. 특히 프랑스나 스페인 같은 곳에서 세계 예술을 선도한 화가의 거처 등을 찾는 것은 여행자의 당연한 코스다. 하지만 낭만적 동경이나 호기심의 충족을 넘어 자신의 모습 돌아보기 같은 성찰이 슬그머니 따르는 것을 볼 수 있다.

자취 없이 꿈틀대는 전설의 도시 한 켠
나그네들 주고받는 허전한 눈빛 속에
검버섯 도지는 건물 그 위세에 전율한다

취기 오른 이방인들 홍청대는 길가에서
잘려나간 고흐의 귀 어디서 헤매는지

섬뜩한 뭉크의 절규 소름이 다시 돋고

천 년을 견디어도 돌은 그냥 침묵할 뿐

백년도 부르지 못할 우리들의 노래라니

아비뇽 끊긴 다리에 서성이는 나를 본다

－「아비뇽의 다리」 전문

"아비뇽의 다리"는 샹송이며 프랑스 시에서 많이 봤음직한 명소라 독자에게도 낯설지 않은 이름이다. 그곳에 담겨 있는 문화 예술적 사건(?)을 추억하는 시인은 오히려 "검버섯 도지는 건물"의 "위세에 전율한다". 이는 고흐와 뭉크 같은 세계적 예술가들을 거듭나게 한 예술혼의 응집이자 상징 같은 "잘려나간" 귀며 "절규"를 현지에서 다시 보는 데서 연유하는 감회로 짐작된다. 하지만 그런 중에도 "서성이는" 그림자가 자꾸 어른거리니 '나는 누구이고 무엇인가' 같은 질문을 환기하는 "나를 본다"는 구절이 이어지기 때문이다. 오래된 건물들의 외관을 묘사하는 "검버섯" 또한 그들처럼 어느덧 저무는 나이에 이른 자신의 무의식적 깨달음의 투영으로 비친다. 그래서 "백년도 부르지 못할 우리들의 노래라니", 생의 유한성에 대한 새삼스러운 탄식으로 자신을 추스르는 것일까. 그 모두가 여행 끝에서 얻는 자기 확인이자 또 다른 성숙이듯 말이다.

그러한 자기 돌아봄은 시인이 여행에서 자주 마주치는

내면의 성찰로 깊어진다. "너와 나 생의 모서리 서로 닮아 있음인가"(「알함브라 궁전」)라며, 알함브라 궁전을 거닐다 뇌는 것도 단순한 즐김 너머의 읽기에 기인한다. 하지만 아무리 "검붉은 연지(가) 서늘하게 살아있다(「미라에게」)" 하더라도 그것은 지나간 시간의 속삭임일 뿐, 다시 "밀랍의 단추 채우듯 돌아갈 길"(「타지마할」)을 찾을 수밖에 없다는 것도 익히 알고 있다. 그래서 여행에서 새로운 삶의 양식을 얻거나 시적 충전을 하는 중에도 어떻게 쓰고 어떻게 갈무리할 것인가를 새겨보며 걸음이 무거워지는 것이리라.

5

"바람은 그리운 사람을/부르는 소리인가요"(「꽃잎 흔들리는데」) 자꾸 맴도는 구절이 있다. 하 많은 바람의 노래 중에도 길게 남는 메아리가 있듯. 공명共鳴이 없으면 금세 사라지는 소리처럼 시도 울림이 남달라야 수명이 길어지게 마련이다. 새로운 영역을 개척하고 시의 권역을 확장하는 것도 중요하지만, 누군가의 가슴을 그냥 오래 울리는 것도 시의 일이다.

김윤 시인의 『아비뇽의 다리』는 늦을수록 간절해지는 바람과 울림을 구하는 마음의 첫 모음집이다. 잔잔한 걸음이나 나직한 목소리 속에 들어 있는 여정의 무늬를 독자들도 함께 즐길 수 있기를 기대한다. 이 시조집에서 더 나아가고자 몸짓에 대한 바람도 좀 얹어서 거닐어보시길!

아비뇽의 다리

지은이 · 김 윤
펴낸이 · 유재영
펴낸곳 · (주)동학사

1판 1쇄 · 2017년 6월 16일
출판등록 · 1987년 11월 27일 제10-149

주소 · 04083 서울 마포구 토정로53 (합정동)
전화 · 324-6130, 324-6131 | 팩스 · 324-6135
E-메일 | dhsbook@hanmail.net
홈페이지 | www.donghaksa.co.kr
www.green-home.co.kr

ISBN 978-89-7190-593-7 03810